U0061976

Symphony in Ink

紙筆當歌

李志清速寫集

Artwork
by Lee Chi Ching

目錄 | CONTENTS

第一章 | CHAPTER 01　　香港　　HONG KONG　　005

第二章 | CHAPTER 02　　巴黎　　PARIS　　055
　　　　　　　　　　　安古蘭　　ANGOULÊME

第三章 | CHAPTER 03　　東京　　TOKYO　　073
　　　　　　　　　　　大阪　　OSAKA
　　　　　　　　　　　沖繩　　OKINAWA

第四章 | CHAPTER 04　　首爾　　SEOUL　　109

第五章 | CHAPTER 05　　台北　　TAIPEI　　131
　　　　　　　　　　　台中　　TAICHUNG

第六章 | CHAPTER 06　　呼倫貝爾　　HULUNBUIR　　157
　　　　　　　　　　　滿州里　　MANZHOULI
　　　　　　　　　　　鄂倫春　　OROQEN

第七章 | CHAPTER 07　　其他　　OTHERS　　185

第一章 ————— 香港

帶着速寫簿，幾支筆，輕裝漫步。
走過繁華鬧市、大漠草原，
也走過高山低谷、鄉間小鎮。

途上用紙筆記下了如詩的足印，憑畫寄意，
有時感性抒懷，有時理性深思，使我樂在其中。
在寧靜的藝術天地裏，忘卻營營役役。
寫畫，讓我欣賞萬物中隱藏着的美感，
探索生命中的奧秘，豐富了我的人生。

慶幸上天賦予我這個才能 —— 紙筆當歌！

花墟
—

32cm x 288cm
2023

Symphony in Ink —————— Artwork by Lee Chi Ching

心遠地自偏

結廬在人境，
而無車馬喧。
問君何能爾，
心遠地自偏。
採菊東籬下，
悠然見南山。
山氣日夕佳，
飛鳥相與還。
此中有真意，
欲辯已忘言。

晉．陶淵明
《飲酒（其五）》

一個陽光明媚的下午，
有微微清風，
溫暖而不算炎熱，
逛一逛旺角花墟，
閒日人流不算多，
都有一派閒情，
跟旺角車水馬龍的現象大相徑庭！
彳亍而行，
邊走邊看，
帶着花香的景致，
又認識一下不同的植物……
一抬頭，
悠然見南山！

Symphony in Ink —————— Artwork by Lee Chi Ching

香港美麗的地方很多，
卻與深水埗沾不上邊兒！
很少聽到人們說她很美。
她一直是香港基層的區域，
住着不少貧窮的市民，
他們為生活勞碌，
謀取人類最基本的需要，
只求三餐溫飽。

近年該區漸漸改變，
進駐不少中產休閒店、
咖啡店、手工店，甚至畫廊。
美的本質不在富有或貧窮，
實質存在於每一事物、景物上！
深水埗的美，
居住在當中勞苦的人們
不知道可有閒情欣賞？

深水埗鴨寮街
—

38cm x 106cm

2021

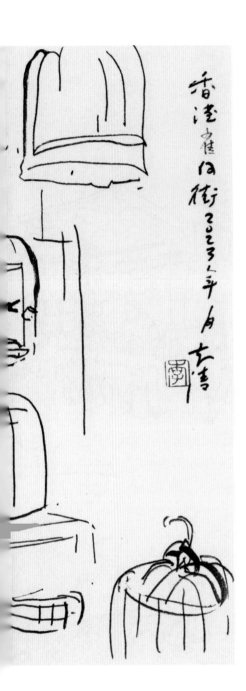

香港雀仔街 2023年冬月 志清

養鳥

逛花墟，
忽然想起鄰近的雀仔街
（園圃街雀鳥花園），
花香須有鳥語。
拾級而上，
耳邊傳來一片幽怨的古樂聲，
原來是一位長者在街頭拉起二胡來，
讓人恍若置身
繁華鬧市外的另一世界。

左右兩排小舖售賣雀鳥相關物事，
一派悠閒，
盡是昔日景致。
幾個雀友手舉鳥籠，
圍着小鳥觀摩，細聲討論，
看羽毛顏色，聽相和鳥語，
玩味鳥兒的跳躍風姿。
從前香港玩雀鳥的風氣頗盛，
好此道者上茶樓都帶上一籠寵鳥，
高掛頭上橫樑，
飲茶都在啁啾鳥語中。
養的，以相思、畫眉居多。

雀仔街
—

27cm x 38cm

2023

舊深水埗街景

—

100cm x 50cm

2021

昔日景致
—

72cm x 52cm
2021

廟街

—

68cm x 45cm

2021

香港舊時樓宇
騎樓露台多種植
那味衣眼花枝
把眼如一幅
美麗的風景
二O二一年夏
木志 寫

舊時樓宇
—

100cm x 50cm
2021

內子每隔一段時間，
就會到深水埗布料市場（棚仔），
找一些布料做手工藝或做衣服。
有時我跟她鑽進市場裏，
見到密麻麻的布料堆在一起，
會覺花多眼亂，
但又覺顏具特色趣味。
這簡陋的鐵皮屋棚，
在深水埗屹立已四十多年，
銷售製衣廠剩餘的零星布碎：
貴至優質絲綢，
便宜至劣質碎料，
都可在這裏找到。
今年（二○二三年）
政府收地重建，
這個特色的布藝市場
又將成為歷史了。

元州街棚仔布市場
一

38cm x 53cm
2023

深水埗布料市場 李清2021

元州街棚仔外貌
—

36cm x 36cm
2021

荔枝角後巷

—

34cm x 28.5cm

2020

荔枝角舊建築

—

34cm x 28.5cm

2020

一陣微風吹來，
帶着海洋的味道，
情思繾綣中，
泛起昔日漁村的風貌。

屋旁小徑
—
30cm x 22.5cm
2017

西貢小巷

—

25cm x 18cm

2017

電燈柱上的鴿子
—

30cm x 22.5cm
2019

樹旁小徑

—

30cm x 22.5cm

2019

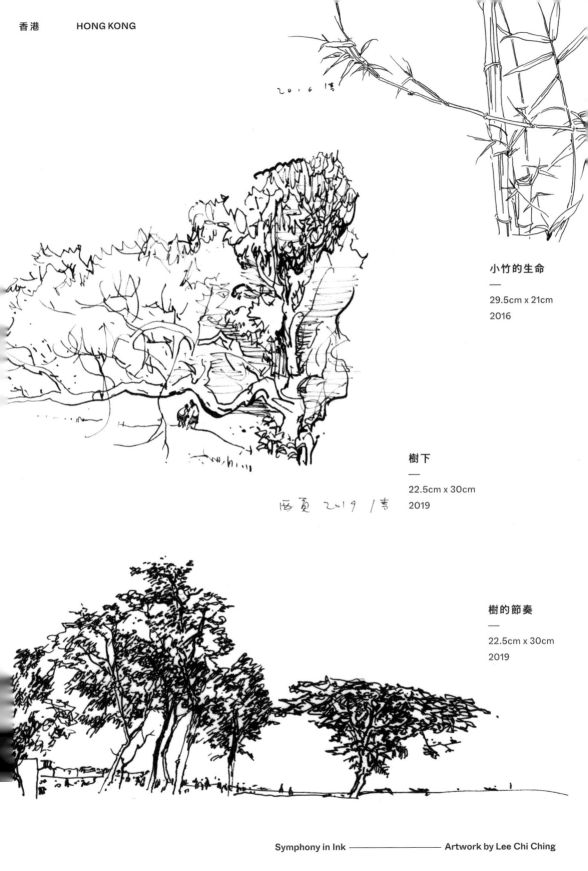

小竹的生命
—
29.5cm x 21cm
2016

樹下
—
22.5cm x 30cm
2019

樹的節奏
—
22.5cm x 30cm
2019

玉蘭花
—
21cm x 29.5cm
2016

野花
—
30cm x 22.5cm
2019

所謂創作天份，
是先天的賦予。
如歌唱家之嗓子。
先天的性格、
聰明、智商、
直覺、敏銳度、
情感、反應等等，
各人不同。

初三于南丫島榕蓮灣2017年1月

上山
—
30cm x 22.5cm
2017

朱光潛的《談美》有一章說：
「當局者迷，旁觀者清。」
他的寓所後面有一條小河，
他晚間常到那裏散步，
沿東岸去，
過橋沿西岸回來。
走東岸時，
他覺得西岸的景物比東岸的美，
走西岸時卻反過來，
覺得東岸的景物又比西岸的美。
他的意思是，
美和實際人生有一個距離，
要見到事物本身的美，
須把它擺在適當的距離之外去看。

九龍公園的老樹
—
21cm x 29.5cm
2016

獨木舟
—

22.5cm x 30cm
2019

谷田
—

22.5cm x 30cm
2019

漁風
—

21cm x 29.5cm

2014

港台「好想藝術」拍攝速寫示範
—

30cm x 41cm
2014

西貢的悠閒

—

18cm x 25cm

2017

能夠欣賞美，
需要你的一點閒情，
一份好心情！
眼中充滿怨懟憤怒，
或者生活徬徨的時候，
美，就難以感受得到。

文化中心外
—

21cm x 29.5cm
2014

尖沙咀的小曲
—
21cm x 29.5cm
2014

翱翔的法國人雕塑

—

21cm x 29.5cm

2014

尖沙咀的老樹
—
29.5cm x 21cm
2014

M+ 外
—
21cm x 29.5cm
2021

M+ 外

—

21cm x 29.5cm

2021

太平山街
—

37.5cm x 57cm

2013

一幅畫，
首要為視覺感受。
畫作賦予觀者
美或醜之感，
是精神上的洗禮。

公園中
—

21cm x 29.5cm
2014

中環補鞋街

—

21cm x 29.5cm

2022

元朗圖書館
—
26cm x 37cm
2019

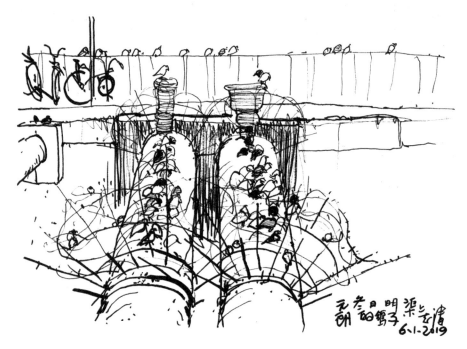

渠上的鴿子
—
22.5cm x 30cm
2019

元朗工地
—
30cm x 22.5cm
2019

我家住香港，
在此地生活了數十年。
然而近年在自己的地方寫生之時間，
反而沒有在外地的多。
或許因為生活營役，
沒有在外地旅遊時的那份心情。
又或許是景物見多了，
使我麻木？
其實香港也真美，
絕不比其他地方遜色。
只要你從外地的距離回望此間，
就會發現她的美，她的獨特之處。

兩人相對無言語
盡日惟聞海風聲

去情
辛西己夏
10-5.2018

海風聲

—

22.5cm x 30cm

2018

戀人的下午茶

—

22.5cm x 30cm

2017

2017.1.30
初三南丫島上
的小餐廳
一對戀人竟然也在
寫畫　去情

02

第二章 ——————— 巴黎 | 安古蘭

藝術之都，浪漫而美麗。
法國有我最喜愛的奧賽博物館，
印象派畫家的大量作品都在那裏；
羅浮宮有文藝復興大師的作品；
龐比度中心的現代藝術；
羅丹美術館裏羅丹偉大的雕塑，
都令人目不暇給。
在塞納河畔的小咖啡店坐下來，
讀幾頁書，或者寫一幅畫，
享受一個寧謐的下午。
幸福就是如此簡單，
你還需要甚麼呢？

小巷

—

25.5cm x 19cm

2011

法國房屋

—

19cm x 25.5cm

2011

塞納河畔
—
29.5cm x 22cm
2011

塞納河畔

—

22cm x 29.5cm

2011

塞納河畔

—

22cm x 29.5cm

2011

安古蘭酒店外的線條
—

19cm x 25.5cm
2011

點與線

—

19cm x 25.5cm

2011

國畫寫山水，
要可遊可居。
一幅速寫
並不是為了這個目的，
有時僅為視覺的表現。

樹枝舞

—

19cm x 25.5cm

2011

漫畫節旗幟的飄揚

—

19cm x 25.5cm

2011

汽車酒館

—

19cm x 25.5cm

2011

特色瓦頂的房子

—

19cm x 25.5cm

2011

安古蘭街景

—

19cm x 25.5cm

2011

寧靜的小鎮
—
19cm x 25.5cm
2011

法國建築物的線條
—
19cm x 25.5cm
2011

教堂
—
25.5cm x 19cm
2011

歐洲確是迷人！
即使一個街角，
一幢老屋，
都是散發着迷人氣息的景致，
使人墮入浪漫的氛圍中。

街角
—
25.5cm x 19cm
2011

Symphony in Ink ——————— Artwork by Lee Chi Ching

速寫的主要形式為線條，
線要有提煉，
有輕重、有感情。
其他的形式如水彩，
也可以作速寫，
用色、面來捕捉景物，
那就跟用線的不一樣。

小鎮風情
—

19cm x 25.5cm

2011

樹與教堂
—
25.5cm x 19cm
2011

塞納河畔
—

29.5cm x 21cm

2011

塞納河畔

—

30cm x 21cm

2011

第三章————————————東京 | 大阪 | 沖繩

記得首次往外地旅遊，
已經是上世紀的八十年代，
乘飛機往日本北海道，再轉機至東京。
日本那時給我的印象，是一切都比香港先進。
年輕的我，覺得每一樣事物都新奇有趣，
十分吸引。
之後跟日本結緣的機會越來越多。
又與日本出版社合作，
差不多每年都需要到日本辦事，
以至選擇旅遊度假的地點，仍然是日本。
因為喜歡日本風景、食物，
還有當地的獨特文化和人民質素。

六本木 21-21 Design
安藤忠雄．13．11．

澀谷的線條

—

19.5cm x 25cm

2016

澀谷遠眺
—

36cm x 25.5cm
2005

以墨绘远字夜景，雪又撮么雾如色，
于维多港宾海店之夜

澀谷夜景印象
—
36cm x 25.5cm
2005

東京
—
25.5cm x 36cm
2008

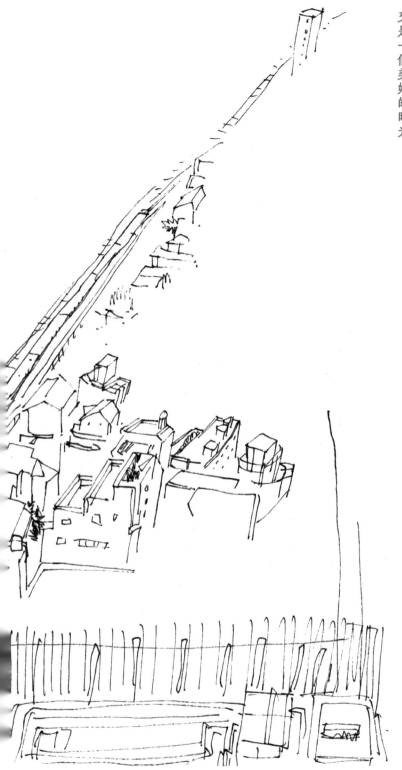

蓬嚓嚓、
蓬嚓嚓……
那並不是起舞的音樂！
而是遠處中，
一道路軌上傳來的列車聲，
那天風和日麗，
又是一個美好的時光……

東京

—

25.5cm x 36cm

2008

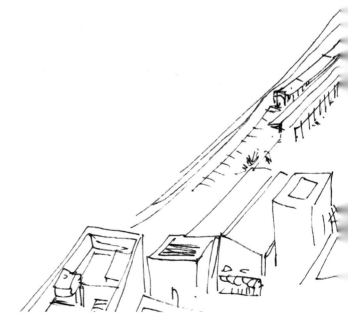

路軌

—

25.5cm x 36cm

2009

新宿
—

36cm x 25.5cm
2008

新宿馬路交匯處
—
36cm x 25.5cm
2008

美國村街道

—

30cm x 22.5cm

2014

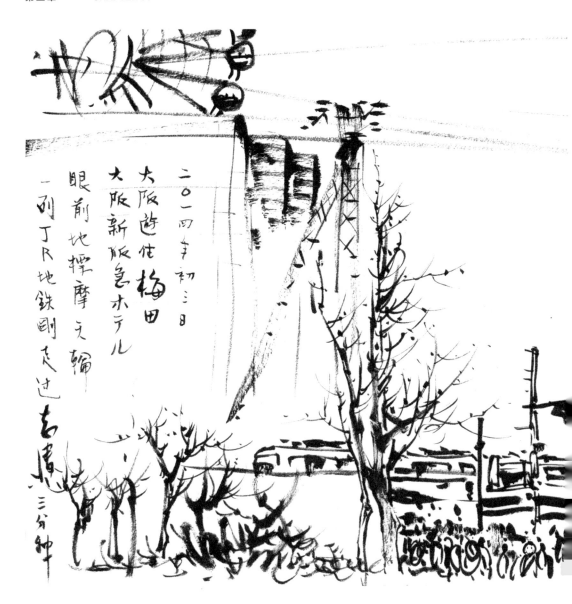

二〇一四年初三日
大阪遊住梅田
大阪新阪急ホテル
眼前地摩擦天輪
一列JR地鐵剛走过
去廣三分鍾

梅田
—
22.5cm x 30cm
2014

大阪街頭，
有電線杆、
屋牆上的招牌、
自行車，
兩位少女徐徐步過，
就這樣，
構成一幅和風小品。

自由之丘
—

36cm x 25.5cm
2008

自由之丘
—

36cm x 25.5cm
2008

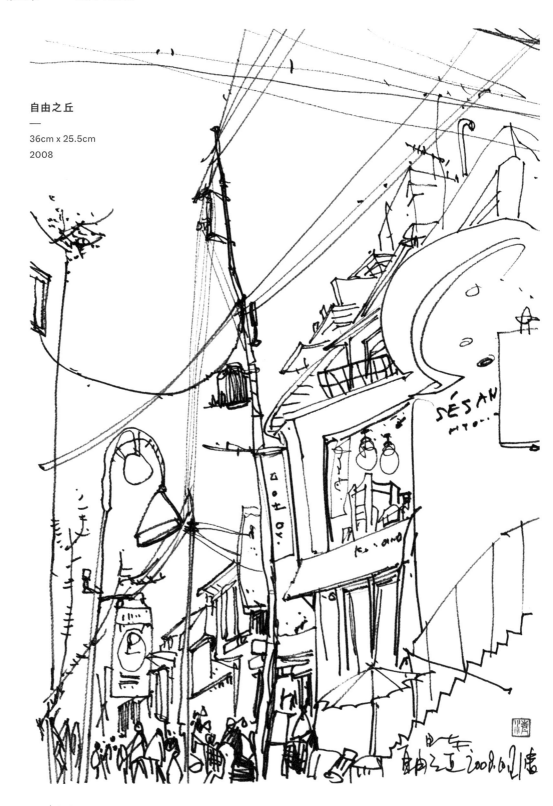

築地
—
21.5cm x 30cm
2012

築地，
是東京吃最鮮活的魚生的地方。
人們都耐心而有秩序地在門外排隊，
等候那一口至味。

馬拉松
—
21.5cm x 30cm
2014

自由之丘
—
25cm x 19.5cm
2008

沖繩第一牧志公設市場內

30cm x 21.5cm
2014

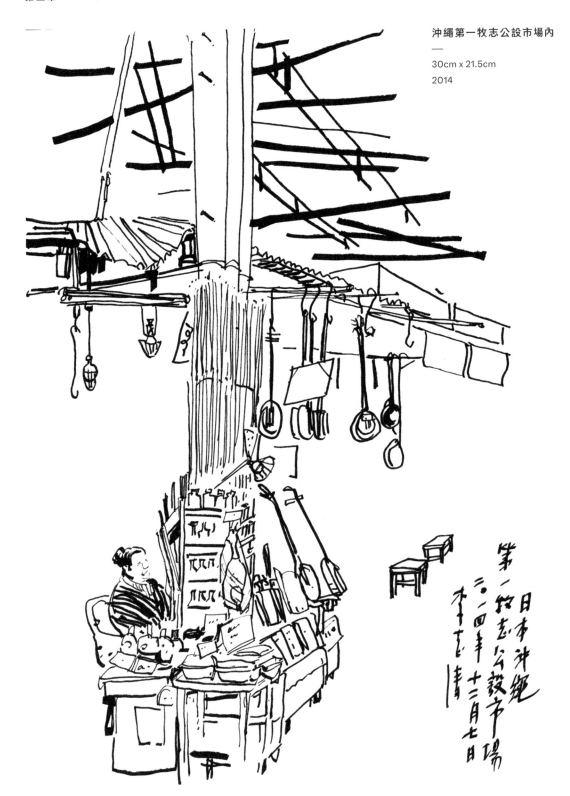

日本沖繩
第一牧志公設市場
二〇一四年十二月七日
李志清

澀谷交匯處

—

19.5cm x 25cm

2016

這年，
東京剛好有漫畫家
蒲澤直樹的展覽，
展出大量會經追讀過的
漫畫原稿。
文學館不算大，
但自有一份文人的風骨，
愛文化的人
應該甚喜歡這裏吧！

世田谷文學館「蒲澤直樹展」
—
19.5cm x 25cm
2016

六本木安藤忠雄的建築
—
21.5cm x 30cm
2012

所謂速寫，
這個名詞可能有誤導，
其實寫的過程不一定速，
落筆要經過思考，
「筆有所為」。
速，也是有意識的速。
也可先放後收，
重點的是最後收得住。
放，會有意想不到的偶然效果；
收，考驗你真正的功力。

自行車
—
25.5cm x 36cm
2008

六本木森美術館
—

36cm x 25.5cm

2008

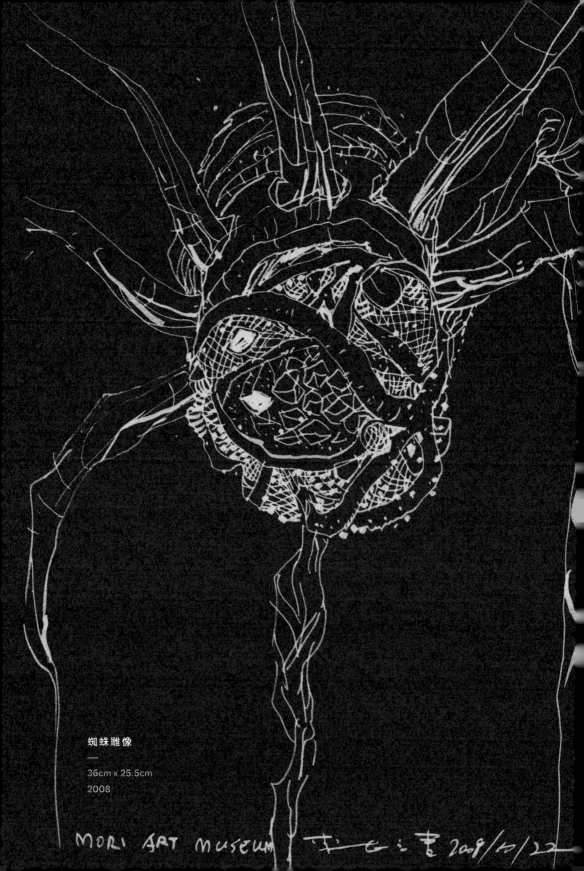

蜘蛛雕像
—

36cm x 25.5cm
2008

MORI ART MUSEUM 王心之書 2008/10/22

新宿的繁華
—

36cm x 25.5cm
2008

街頭寫畫，

不是為了在人前表演；

要有好作品，

必須內心寧定，

不被外界所擾。

速寫的工具隨個人的喜好，

沒有特定。

惟須注意紙與筆有合適的摩擦度，

若筆太滑，不留紙，

會比較難控制。

速寫並不是看見甚麼就寫甚麼的，

要有加減的處理。

有時甚至要移山補樹，

令構圖完美。

速寫有幾個不同的目的：

一、為之後的創作而蒐集資料，

　　相當於草圖；

二、客觀記錄，像照相機的功能；

三、一開始落筆已向一幅作品前進，

　　當中有情感心思的考慮。

行人天橋旁的建築

—

36cm x 25.5cm

2008

鰓呼吸食店內
—

21.5cm x 30cm
2014

李志清 二〇一二年十一月十三日 寫于日本築地市場

築地市場周邊
—
21.5cm x 30cm
2012

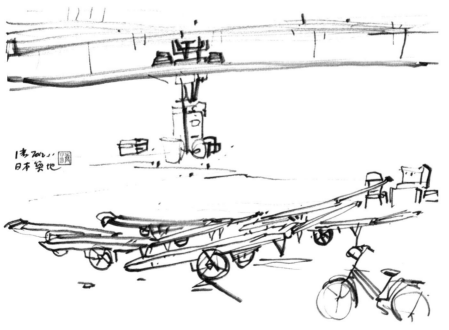

市場內的木頭車
—
21.5cm x 30cm
2012

寫畫要有一點童真，
有童真，情感比較豐富。
在好玩與認真當中
取得弔詭的平衡。

日本沖繩
第一牧志公設市場口
2014.12.7. 李志清

市場外
—

21.5cm x 30cm

2014

畫，
就是一幅畫，
要有畫味！

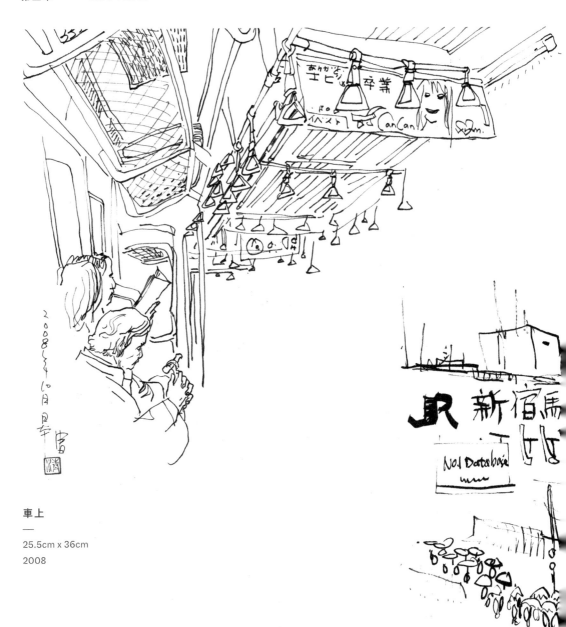

車上
—
25.5cm x 36cm
2008

雨中
—
25.5cm x 36cm
2008

STANDARD
BOOKSTORE.
大阪美国村.

大阪美國村咖啡店

—

30cm x 22.5cm

2014

4.2.2014. 李志清于日本

大阪食店

—

22.5cm x 30cm

2014

輕井澤掛雪的樹枝
—
19.5cm x 25cm
2016

畫要有疏密，
有動有靜，
一切都是對比，
才見節奏，
兼容衝突與和諧
。

Symphony in Ink ——————————— Artwork by Lee Chi Ching

輕井澤雪地

—

19.5cm x 25cm
2016

冬之公園

19.5cm x 25cm
2016

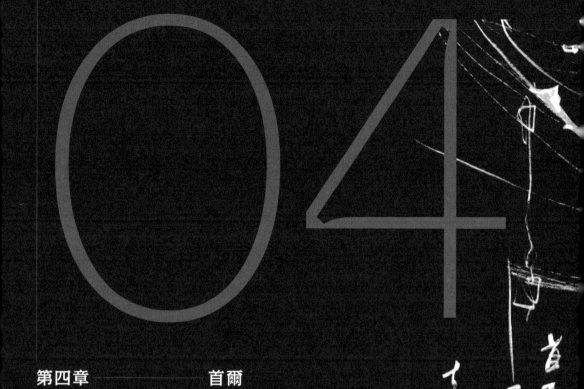

CHAPTER 04 ｜ SEOUL

04

第四章 ——————— 首爾

邂逅，重遇，韓國教我難以忘懷。
同遊者的目光都集中在吃喝美食，
泡菜、人蔘雞煲；面膜、化妝品……
我卻獨愛她的異地風情，以一點一線，
深情地與她對話，風花雪月。
她仍帶點古代中國和古代日本的味道——
漢文化的延續。
比起日本的細緻，她多了一份奔放；
沒有日本人的那份靦腆，有的是
中國東北漢子的那份豪爽。
她絕不收藏自己，
卻率性地表現自我。

南韓首爾
德壽宮
二〇一七·八·三
志清

宮廷小路
—

22cm x 30cm

2017

德壽宮的松
—

30cm x 22cm

2017

這一日，
又在街上速寫，
兩個外國人在旁邊
看着、看着……
背後忽然走出一位老婆婆來，
端出小凳，
指手畫腳請我坐下來，
我也指手畫腳地連忙多謝。
在戶外寫生，
常常碰上這樣的事情。
這並非偶然，
人與人之間，
存在着愛，互相關懷。
只是有否付諸行動表現出來？
甚至乎，你的家人。

兩個外國人在旁邊看着速寫
—
25cm x 35.5cm
2015

首爾仁寺洞

—

25cm x 35.5cm
2015

街頭小吃，
一家三口幹活，
看來樂也融融。
速寫的時候，
你會看得比別人多，
比別人仔細，
並不是匆匆走過、
買過、吃過的
那種感受可比擬。

明洞街頭

—

25cm x 35.5cm

2015

鐘路區

—

25cm x 35.5cm

2015

One mount
首爾 二○一七年 八月 十三日 玄青

a piece of art.
artisée

咖啡小店
—
22cm x 30cm
2017

街上的樹木雖然葉子已落，
只剩下枝枒，
我一向欣賞這種生命力，
那是一種美。

首爾街上
—
35.5cm x 25cm
2015

路上樹枝
—

35.5cm x 25cm
2015

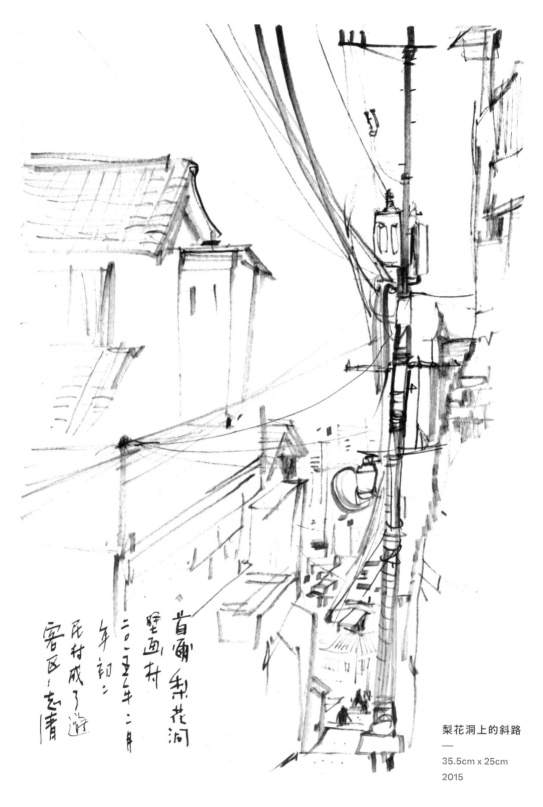

首爾梨花洞
壁畫村
二〇一五年二月
年初，
民村成了遊
客區．志清

梨花洞上的斜路
—
35.5cm x 25cm
2015

Symphony in Ink ———— Artwork by Lee Chi Ching

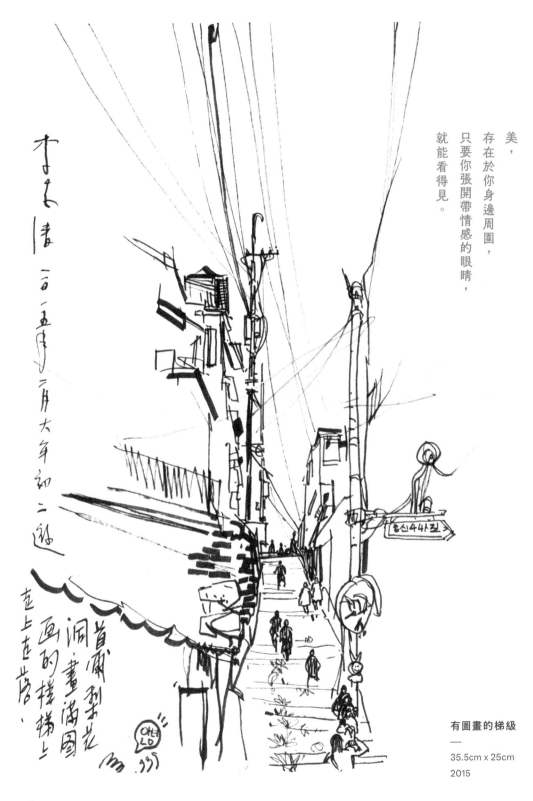

美，
存在於你身邊周圍，
只要你張開帶情感的眼睛，
就能看得見。

李志清
二〇一五年二月大年初二遊

首爾梨花洞·畫滿圖畫的樓梯上

左上左落

有圖畫的梯級
—
35.5cm x 25cm
2015

梨花洞小巷
—
25cm x 35.5cm
2015

南朗翠屋村　二〇一七八十三志清

屋瓦頂
—
22cm x 30cm
2017

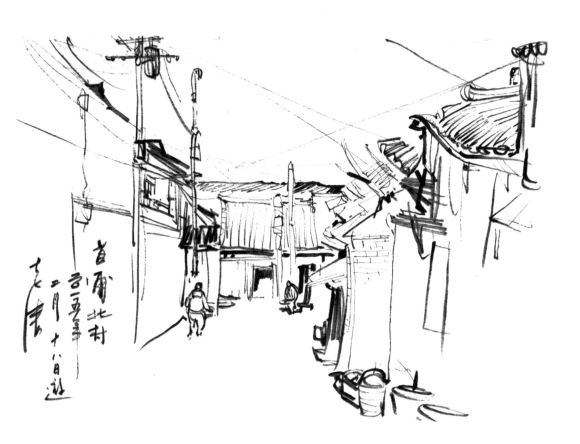

北村一景
—

25cm x 35.5cm
2015

竹松居

—

25cm x 35.5cm

2015

2017 8.15 窗外的雨一直下著..

窗外的雨一直下着，
何妨！就睡一個懶洋洋的覺唄。

窗外的雨一直下着
—
30cm x 22cm
2017

繁華的鬧市
—
30cm x 22cm
2017

LOTTE HOTELS & Resorts

從酒店房中看
對面的建築物
天台很有科幻
味2017 8
12
李志清
首爾

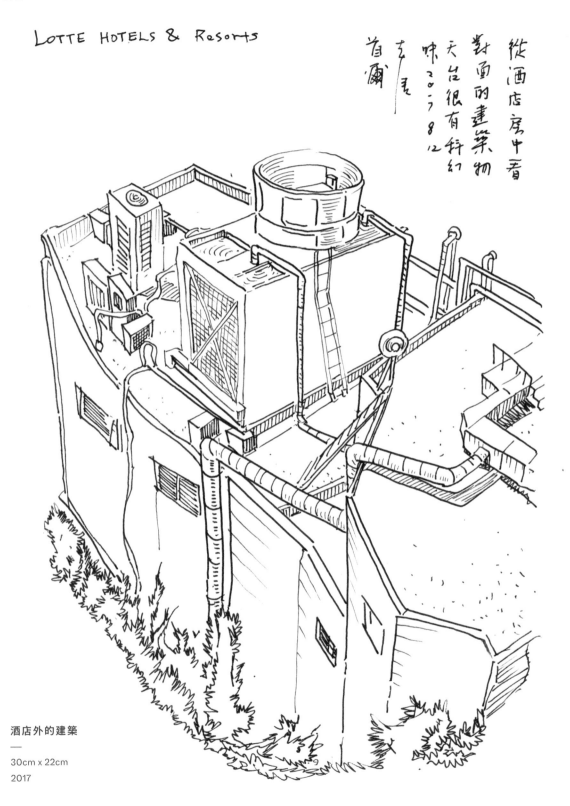

酒店外的建築
—
30cm x 22cm
2017

FRASER　　PLACE CENTRAL 1 — SEOUL

李志清

羊年大年初一
早上·寺五門
從酒店高七
的房間望下
見到的一座
教堂·不停
地播着音樂·

酒店外播着音樂的教堂
—
21cm x 14.5cm
2015

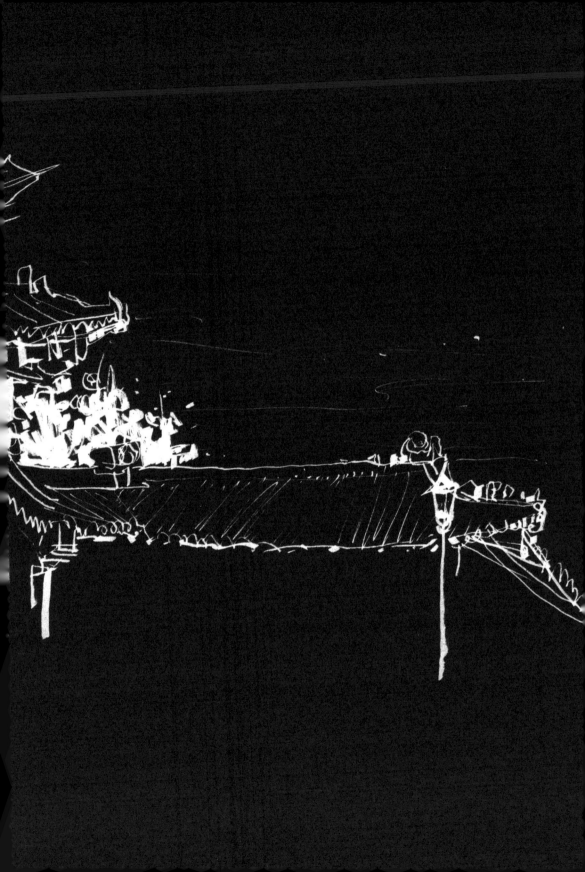

05

第五章 ——————— 台北 | 台中

台灣人說國語，有一份嬌嗲氣，甚斯文，
跟北京人、上海人的口音分別頗大。
小時候聽台灣的國語歌多了，就很容易聽明白台灣人說的話。
長大後，到台灣工作、旅遊的次數不少，
認識了一些台灣的朋友，他們都熱情友善，非常好客。
台灣會被日本統治近五十年，保留了許多日本文化；
台灣人一般比香港人愛書香，有着文青的優雅。
某年，台灣主辦奔牛節藝術活動，
邀請我創作大牛一頭 ——
在白色的牛身上進行繪畫創作。
於華山創意園裏，我除了畫大牛，
那年，也畫了許多速寫。

華山創意園外

—

29cm x 20.5cm

2009

台北市立美術館

—

22.5cm x 29cm

2009

台北車站

—

29cm x 20.5cm

2009

中正紀念堂

—

29cm x 22.5cm
2009

日月潭邊

—

30cm x 22cm

2015

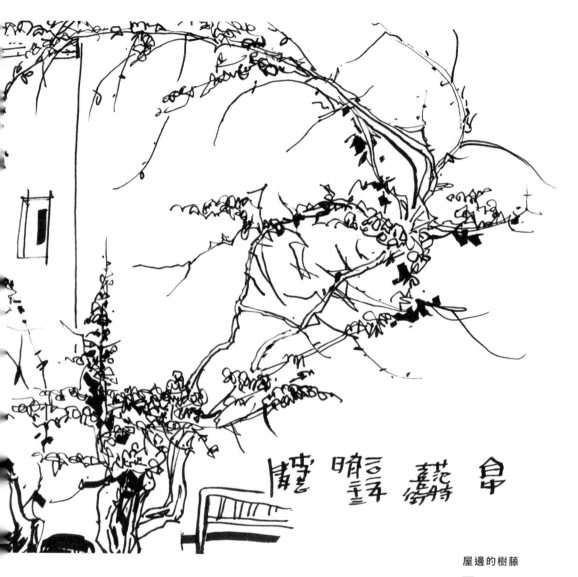

屋邊的樹藤
—

30cm x 21.5cm
2015

那天，
我在國際藝術村宿舍的二樓上，
倚着桅杆，閒看樓下園子的風景。
一位日本藝術家，他包着頭巾，
大汗淋漓地拿着電鋸，
切割一塊木頭，木屑飛揚。
忽然，我想，
在旁邊的那兩棵老樹會有何感受？
本是同根生……

木雕
—
22.5cm x 29cm
2009

李是同根生
國際藝術村
李志清台北
二○○九‧三‧三十二

范特喜街小巷頭，熱到飛起！

台中國立美術館後至

二〇二五年九月二十二日

台中小巷
—
21.5cm x 30cm
2015

台中街頭
—
21.5cm x 30cm
2015

兒童育樂中心
—

22cm x 29.5cm
2009

樹歌

—

22cm x 29.5cm

2009

華山創意園
—

29.5cm x 22cm
2009

Symphony in Ink ——————————————— Artwork by Lee Chi Ching

速寫，我感到寧靜，

整個世界就只有自己，卻都屬於自己！

跟一棵樹、一間屋，跟天地萬物對話，

小小的我的生命，漸漸豐盛起來，

沉醉在那裏⋯⋯

老樹未倒

—

29.5cm x 22cm

2009

慈濟環保站的義工
—

22cm x 30cm

2013

姓衞的司機先生

—

22cm x 30cm

2013

西門町

—

30cm x 22cm
2013

西門町
—

22cm x 30cm

2013

我思故我在，
生命攸攸……
既實在亦飄渺，
這一刻即永恆……

鶯歌

—

22cm x 30cm

2013

淡水
—
22cm x 30cm
2013

中正紀念堂
—
22cm x 30cm
2013

西門町老屋
—
22cm x 30cm
2013

15.4.2013　台北 淡水 李志清寫

淡水河邊

—

22cm x 30cm
2013

中正紀念堂
—

22cm x 30cm
2013

畫不一定要說故事、
講道理，
這不是它的長處。
說道，有其他更好、
更簡單的形式。

台中范特喜

30cm x 22cm
2015

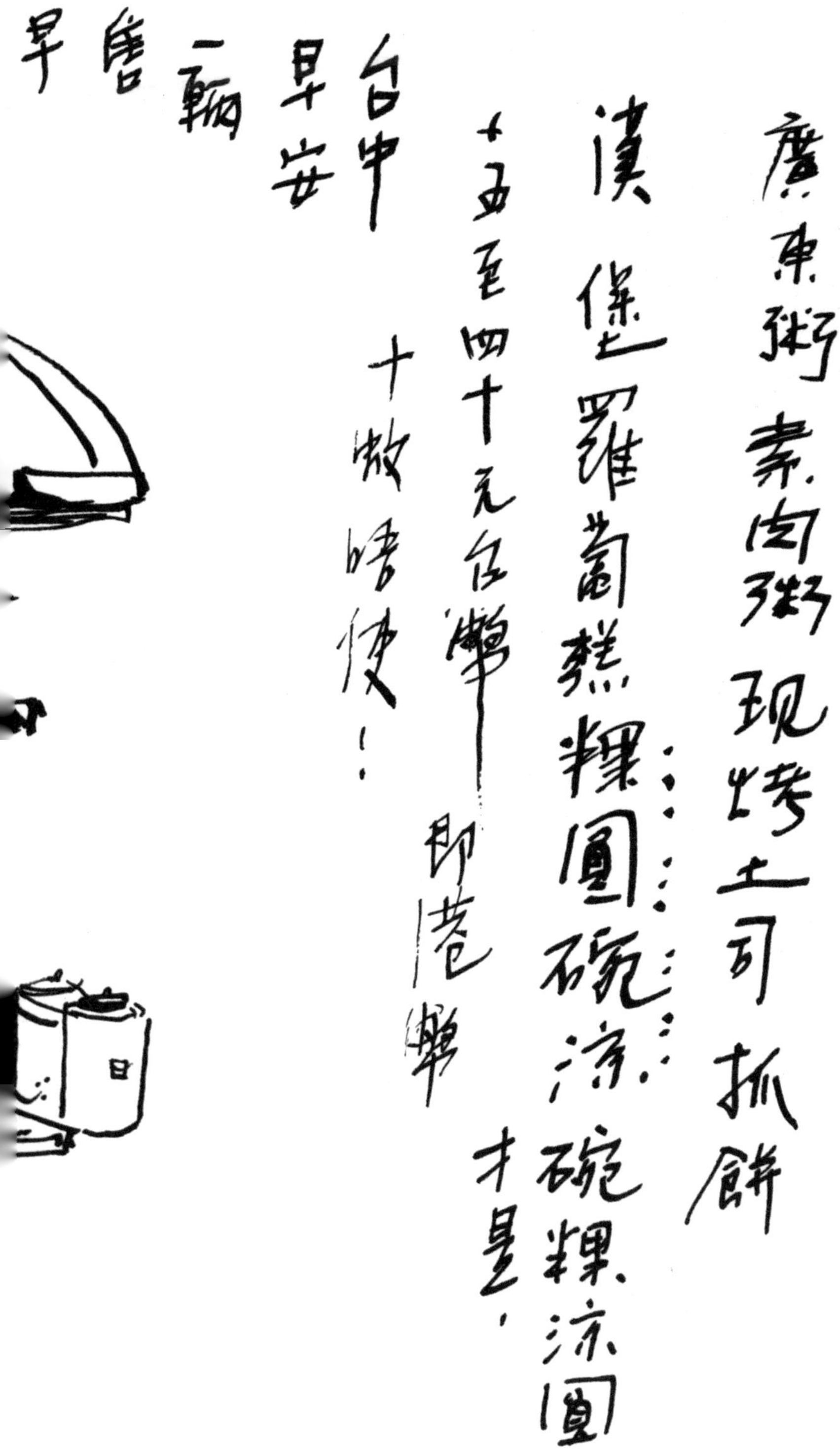

廣東粥 素肉粥 現烤土司 抓餅

漢堡 羅蔔糕 糕圓碗涼．碗粿涼圓

十五至四十元台幣．即港幣十蚊唔使！

碗粿涼圓才是，即港幣

台中 早安 早唐 一輛

餐車
—
22cm x 30cm
2015

車賣的東西甚豐富
生意不絕一個接一個
守之 畫二〇一五年九月三十四
于早現場寫

第六章 —————— 呼倫貝爾 ｜ 滿州里 ｜ 鄂倫春

二〇一八年八月十七日，農曆七月七日，剛好是中國的七夕。
好友趙式慶先生為香港文化節，帶着我們幾位香港的畫家，
到內蒙古呼倫貝爾交流、寫生，
其間還參與兩地畫家的展覽及拜訪筆會。
從北京轉機至內蒙古呼倫貝爾，
再抵達中國與俄羅斯接壤的邊境滿洲里，再往大興安嶺下的鄂倫春。
當地文聯的朋友為我們做嚮導，十多天領着我們深入內蒙古，
下榻真正的蒙古包，體會到真實的大漠風情——
天蒼蒼、野茫茫的蒙古生活，游牧民族的純樸熱情。
牧民敬天、敬地、敬人的虔誠，給我深刻印象。
難忘的還有品嚐全羊宴、白酒、奶茶、苦草湯，
以及籌火舞的浪漫。

天色
—
23cm x 27cm
2018

天色印象
—
23.5cm x 29cm
2018

廣闊的草原
—

15cm x 21cm
2018

西畫的構成形式為：
點、線、面；
中國畫的元素是：
乾、濕、濃、淡。
兩者可結合起來。

Symphony in Ink ——————— Artwork by Lee Chi Ching

一隻駱駝兩隻馬

—

80cm x 80cm

2023

紅色的屋子

—

15cm x 21cm

2018

一隻馬在吃草

—

15m x 21cm

2018

滿洲里國門

—

23.5cm x 29cm

2018

滿洲里國門，
這裏是中俄邊境，
中國最大的國門。
長長的路軌一直伸延向遠方，
我的思緒也飄向那遠方，
那一邊人民的種族、膚色、
語言和文化，
跟這邊的完全不一樣；
想像俄羅斯那邊的樓宇中，
住着怎樣的人？
他們的生活又是怎樣的呢？

營地
—
23.5cm x 29cm
2018

羊群
—
23.5cm x 29cm
2018

蒙古包

—

23.5cm x 29cm

2018

在內蒙古的日子，
當地文聯的朋友一直陪伴在側，
有時也看我速寫，
寫好的作品，
他用蒙古文寫上題目，
那蒙古文竟又與速寫結合得天衣無縫，
那樣的和諧合襯。

有風車的蒙古營地

—

23.5cm x 29cm

2018

運貨車

—

23.5cm x 29cm

2018

營地內

—

23.5cm x 29cm

2018

小路
—

23.5cm x 29cm

2018

母羊
—
23cm x 27cm
2018

這天，
在草原上寫羊，
羊媽媽與小羊兒互相依偎，
溫馨的舐犢之情。
忽然，
同團的朋友匆匆地跑過來說：
「宰羊啦！快去看！」
我恍惚地說：
「不去啦！我要畫畫。」
她說：「那好吧！」
兀自往營地跑去。
沒多久，
一陣嘶叫聲傳來，
心頭震動了一下！
心裏莫言地有點難過⋯⋯

電單車在路上
—
23cm x 27cm
2018

母與子
—
23cm x 27cm
2018

清晨，
太陽從地平線上升起不久，
我走在營外，
看見一頭駱駝端跪在草地上，
牠面朝太陽，
一會兒把頭伏下，
像祝禱；
頃刻，
又抬起頭來，
良久不動。
陽光微微斜照，
萬物安靜祥和，
頓感天地間的一份神聖氛圍，
濃濃地包圍着我。

朝聖的駱駝
—
23.5cm x 29cm
2018

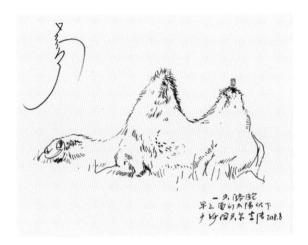

一隻駱駝朝拜太陽

—

23.5cm x 29cm

2018

日光

—

23.5cm x 29cm

2018

繪于內蒙 20,8. 8. 19

營內小風景
—
23.5cm x 29cm
2018

牛群

—

23.5cm x 29cm

2018

草原上，
一大群牛在吃草，
我輕輕的移步接近，
其中的大個子立時警覺地注視着我，
警惕地保衛着牠的家族。

嘎仙洞

—

23cm x 27cm

2018

嘎仙洞
—

23cm x 27cm

2018

嘎仙洞

—

23cm x 27cm

2018

黑石山上
—

23cm x 27cm
2018

洞內
—
23cm x 27cm
2018

洞的另一角度
—
27cm x 23cm
2018

嘎仙洞
—
23cm x 27cm
2018

嘎仙洞位於鄂倫春自治旗，
在阿里河鎮北約十公里的山谷之中。

一九八〇年七月三十日，
有關專家在洞內西壁上
發現了公元四四三年，
北魏皇帝拓跋燾到嘎仙洞祭祖時，
派遣中書侍郎李敞在洞內
開鑿石窟寺，
並在石壁上刻下的祝文。

祝文共二百零一字，
與《魏書》記載的基本相符。

洞內出土的打製石器、
骨器、陶器等文物，
證明了嘎仙洞是北魏皇朝認可的
鮮卑先祖石室，
也就是說拓跋鮮卑的發祥地
在今天的鄂倫春自治旗。

一千年前，鮮卑族的祖先，
憑着壯闊的胸懷、攝人的氣魄，
從這裏走出祖廟，跨過草原，
在中原建立起江山。

山上遠眺
—
27cm x 23cm
2018

內蒙是廣闊的平原，
四野高山不多。
這天我們爬上一個
約二三十層樓高的小山，
遠眺、速寫，
玩味內蒙古獨特的景致。

小山上的風景
—

23cm x 27cm

2018

中東鐵路第一站
—

23cm x 27cm

2018

滿洲里
—

23cm x 27cm

2018

滿洲里

—

23cm x 27cm

2018

CHAPTER 07 | OTHERS

第七章————其他

不同地方的建築有不同的個性，
因着個性與形式的不同，
刺激我在速寫的時候有不同的反應。
我把思想感受化為筆墨，
用筆用線有不同的感覺和節奏，
就像跟建築物互動，
恍若談情！

哈尔滨圣索菲亚教堂
二〇二四·九·二〇写拜占庭式
的建築建於一九〇七年

哈爾濱索菲亞教堂

—

21.5cm x 30cm

2014

澳門的建築

—

29.5cm x 23cm

2011

澳門的建築

—

29.5cm x 23cm

2011

二〇一七年
九月 三十日
早上早晨後
有一小時在賓館
外遊、見東方
賓館炯坊後
有石桐可坐、
坐下更寬、
少年字街
过来說不
可坐此、

賓館排樓
—

21.5cm x 30cm
2017

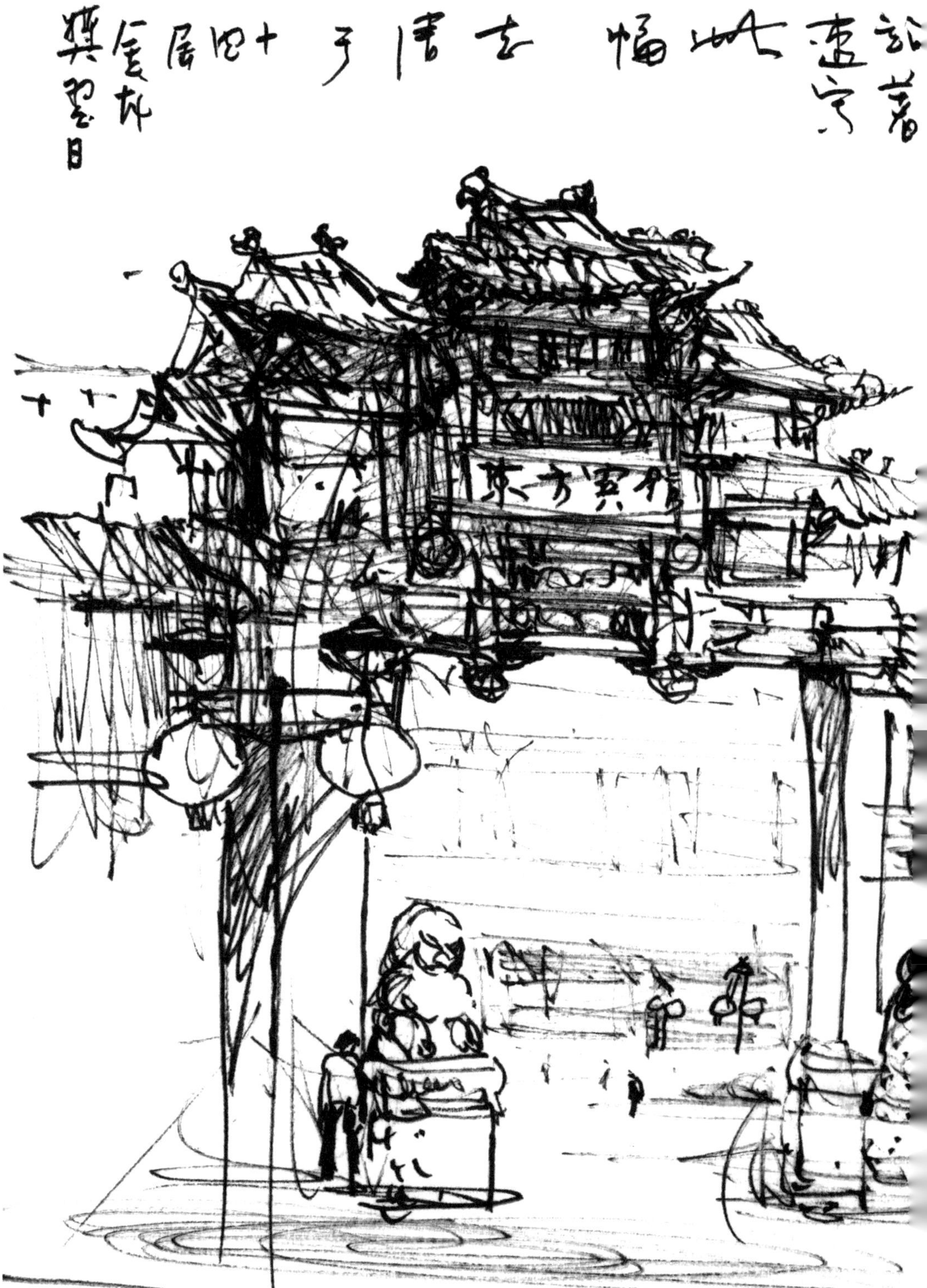

上釣了
—
21.5cm x 30cm
2014

草叢中的釣竿
—
21.5cm x 30cm
2014

普陀山普濟寺前
—

21.5cm x 30cm
2014

風格是個性、
內涵的體現，
不能傳授。
作品是人格氣質的反映。

松花江上的
渡江人
三軍
一九
二月
廿日
渚去

渡江人

—

21.5cm x 30cm
2014

線條輕重徐疾，
在紙上飛舞，
你會感到每一條線都有生命。

小女孩
—
21.5cm x 30cm
2014

窄窄的小巷中，
景物豐富多姿，
左右兩旁飛白，
已經不需要甚麼。

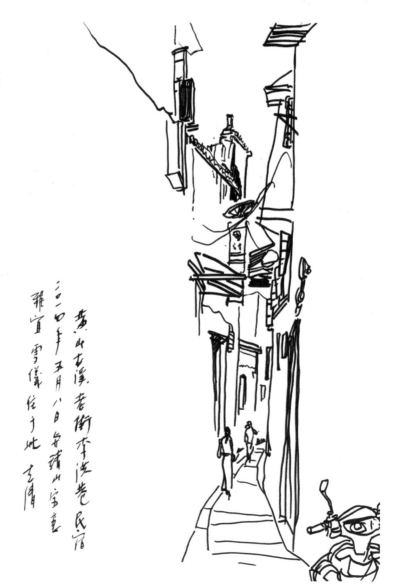

黃山下的小巷
一

30cm x 21.5cm
2014

成都人民公園

—

30cm x 21.5cm

2014

哈爾濱松花江上
—
21.5cm x 30cm
2014

喝茶
—
30cm x 21.5cm
2014

澳門法蘭度餐廳

—

22.5cm x 29cm

2009

當你的技巧成熟後，
把它拋開，
只要你投入享受其中，
作品自然動人。

要畫自己感受到的東西，
而不是客觀存在的東西。
作品要看整體，
小趣味乃其次。
不要刻意賣弄技巧。

廣州酒店遠眺
—
80cm x 80cm
2014

廣州東方賓館
30.9.2017 吉恆

廣州東方賓館

21.5cm x 30cm
2017

豫園外，
九曲橋，
飛簷翹角，
如鮮花盛放。

上海豫園外

—

23cm x 29.5cm

2010

晌午的武康路，

如火的赤熱，

熱空氣濛濛的向上升，

我站在路邊

被這一座小樓吸引，

為她出一身汗。

上海武康路路邊小屋

—

29.5cm x 23cm

2010

城隍廟外，
老屋挨挨擠擠，
窗子一框框和唱，
唱這歷史悠悠，
還有三輪車、
二輪車，
擺動着腰肢，
隨歌舞動。

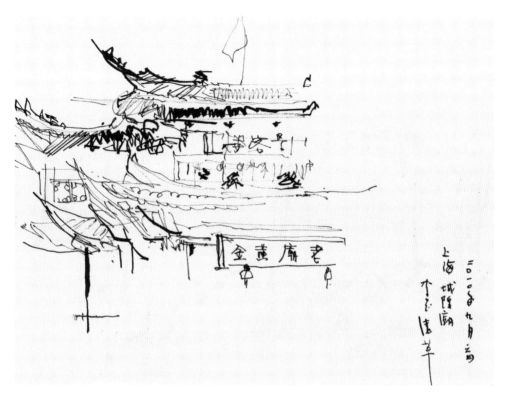

上海城隍廟

—

23cm x 29.5cm

2010

城隍廟，
屋簷飛動，
如圓圈舞。

上海平民的房子

—

23cm x 29.5cm

2010

摩天輪
—

19cm x 25cm
2010

新加坡景色
—

19cm x 25cm

2010

樓上的船

—

19cm x 25cm

2010

新加坡建築

—

19cm x 25cm

2010

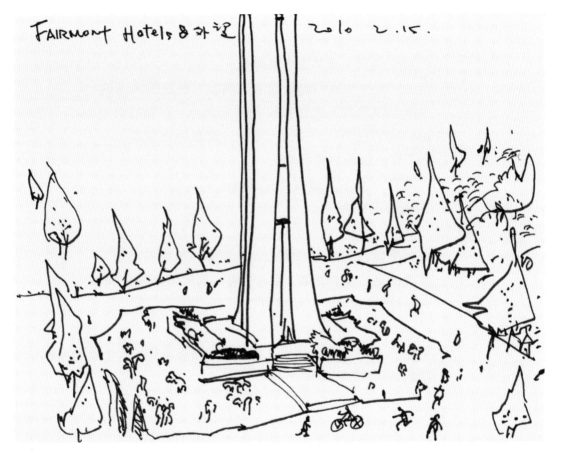

紀念碑
—
19cm x 25cm
2010

後記 ｜ AFTERWORD

今年剛好六十，一甲子。
我熱愛速寫，多年來作品無數。
因此，在今年能夠出版這套速寫集，於我極具意義。
感謝天地圖書、責任編輯林苑鶯女士、書籍設計陳曦成先生，
這段時間我們一起努力，見證這套書的出版面世，
給了我一份最好的禮物。
尤其現今紙本實體書經營困難，
更覺難能可貴！

借此感謝我的速寫啟蒙老師王創華、陳中樞老師。
寫畫生涯不覺四十載，歲月荏苒，其間得到許多快樂。
——紙筆當歌，人生幾何？

最後衷心感謝各位讀者，來到我的精神家園，聆聽我的心底話。
謹祝大家健康快樂！

2023 年 6 月於青山水閣

李志清

藝術工作者、漫畫家。

四十多年創作不輟,作品包括漫畫、插畫、水墨畫、西洋畫、速寫畫等;

繪畫糅合中西傳統與現代風格,不時在香港及海內外各地舉辦畫展。

曾與日本出版社合作出版《三國志》、《水滸傳》等漫畫書逾百本。

曾為香港半島酒店八十五週年設計製作大型戶外投射動畫(2013 年)。

曾跟金庸的明河社合組公司,出版金庸小說漫畫。

為多部金庸小說繪畫封面及插圖。

獲邀為香港文化博物館金庸館「繪畫·金庸」展覽策展人(2017 年)。

為香港郵政繪畫金庸小說紀念郵票(2018 年)。

近年為《明報月刊》撰寫文藝專欄。

出版個人畫冊、散文集、繪本等著作多部。

曾獲獎項:

◉ 入選香港當代藝術雙年展(1992 年)

◉ 日本第一屆國際漫畫賞「最優秀賞 Gold Award」(2007 年)

◉ 星島集團傑出領袖獎(2007 年)

◉ 行政長官社區服務獎狀(2008 年)

◉ 第十四屆中國動漫金龍獎之傑出貢獻獎(2017 年)

◉ 第五屆香港文化創意產業大獎(2021 年)

Symphony in Ink Artwork by Lee Chi Ching

紙筆當歌
李志清速寫集

www.cosmosbooks.com.hk

作　　品	紙筆當歌 —— 李志清速寫集
作　　者	李志清
責任編輯	林苑鶯
美術設計	曦成製本

出　　版　天地圖書有限公司
　　　　　香港黃竹坑道 46 號新興工業大廈 11 樓（總寫字樓）
　　　　　電話：2528 3671　傳真：2865 2609
　　　　　香港灣仔莊士敦道 30 號地庫（門市部）
　　　　　電話：2865 0708　傳真：2861 1541

印　　刷　美雅印刷製本有限公司
　　　　　香港九龍觀塘榮業街 6 號海濱工業大廈 4 字樓 A 座
　　　　　電話：2342 0109　傳真：2790 3614

發　　行　聯合新零售（香港）有限公司
　　　　　香港新界荃灣德士古道 220-248 號
　　　　　荃灣工業中心 16 樓
　　　　　電話：2150 2100　傳真：2407 3062

出版日期　2023 年 7 月 / 初版 · 香港
　　　　　（版權所有 · 翻印必究）
　　　　　COSMOS BOOKS LTD. 2023

ISBN　　　978-988-8551-05-7